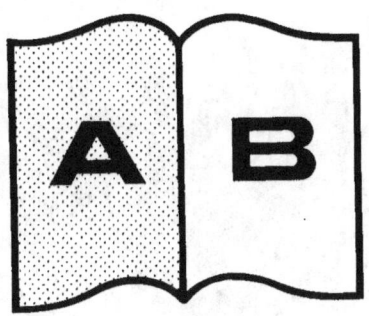

Contraste insuffisant
NF Z 43-120-14

PREMIÈRE CHASSE
DE
JUJULES

TEXTE par un PAPA

DESSINS DE L. FRŒLICH

BIBLIOTHÈQUE
D'ÉDUCATION et de RÉCRÉATION

J. HETZEL & Cie 18 rue JACOB
PARIS

PREMIÈRE CHASSE

DE JUJULES

ET

SON LENDEMAIN

COLLECTION HETZEL

L. FRŒLICH

PREMIÈRE CHASSE

DE

JUJULES

ET SON LENDEMAIN

TEXTE PAR UN PAPA

BIBLIOTHÈQUE

D'ÉDUCATION ET DE RÉCRÉATION

J. HETZEL ET Cie, 18, RUE JACOB

PARIS

PREMIÈRE CHASSE

I.

Le petit Jujules, le fils de maître Pierre le fermier,
était allé le matin, suivant son habitude, faire un tour
dans les champs. Voilà qu'il aperçoit au loin deux
messieurs avec des fusils et des chiens. « Ce sont des
chasseurs », s'est-il dit judicieusement, et il s'est mis
à courir pour les joindre. Depuis longtemps il était
curieux de voir comment on s'y prend pour chasser, et
il ne veut pas laisser échapper l'occasion ; mais la
curiosité, quand elle n'est que le désir de s'instruire,
n'a rien de répréhensible.

DE JUJULES

I

« CE SONT DES CHASSEURS », S'EST-IL DIT JUDICIEUSEMENT.

PREMIÈRE CHASSE

II

Jujules, en arrivant près des chasseurs voit qu'il ne les a jamais vus. C'est égal, ils ne lui ont pas fait peur du tout. « Tu es du pays, petit? lui a demandé l'un d'eux, tu le connais bien? — Comme ma poche, a répondu Jujules. — Alors tu pourrais nous montrer où nous aurions chance de trouver du gibier? — Oh! bien sûr! je sais tous les endroits où il y a des lièvres, des lapins, des perdrix, des fouquets (des écureuils), des racots (des geais)... » Ces derniers noms ont fait rire les chasseurs. Jujules ne sait pas pourquoi; mais il rit aussi et le voilà accepté pour guide.

« OH! BIEN SUR! JE SAIS TOUS LES ENDROITS OU IL Y A DES LIÈVRES. »

PREMIÈRE CHASSE

III

Jujules n'a pas trahi la confiance des chasseurs, MM. François et Robert, ainsi qu'il les a entendus s'appeler. La partie de champs et de fourrés où il les a conduits fourmille réellement de volatiles. Aussi, dès l'arrivée, un fracas terrible l'a-t-il fait tressauter au point que son chapeau en est tombé à terre et qu'il s'est hâté de se boucher les oreilles. Ce n'était pourtant qu'un coup de fusil de M. Robert abattant une perdrix; mais Jujules n'en avait jamais entendu de si près.

DE JUJULES

III

JUJULES N'AVAIT JAMAIS ENTENDU UN COUP DE FUSIL DE SI PRÈS.

PREMIÈRE CHASSE

IV

Après beaucoup d'allées et de venues au grand
soleil, les chasseurs ont éprouvé le besoin de se reposer
un peu à l'ombre et de faire appel à leurs provisions,
libéralement partagées avec Jujules, sans oublier les
chiens. « As-tu soif? a demandé M. Robert à Jujules. —
Oh! oui, bien soif, mais il n'y a pas d'eau par ici. —
L'eau te ferait mal; bois un coup de vin, » a repris le
chasseur en présentant sa gourde à l'enfant. Et Jujules
a bu un bon coup, trop bon peut-être, car
il n'en a pas l'habitude.

DE JUJULES

IV

JUJULES A BU UN BON COUP, TROP BON PEUT-ÊTRE.

PREMIÈRE CHASSE

V

Les chasseurs, après leur repas, ont trouvé bon de faire un somme. Quant à Jujules, il n'a pas la moindre envie de dormir. Pour passer le temps, il a lié amitié avec le grand chien Bruno qui, du reste, a tout de suite répondu à ses avances. Autre chose maintenant : le voilà qui fume la pipe de M. François. Il n'a pas été jusqu'à l'allumer ; mais il l'avait bien bourrée, et il trouve que, comme cela, ça donne encore un petit goût de tabac très drôle.

DE JUJULES

V

JUJULES N'AVAIT PAS ÉTÉ JUSQU'A ALLUMER LA PIPE DE M. FRANÇOIS;
MAIS IL L'AVAIT BIEN BOURRÉE.

PREMIÈRE CHASSE

VI

Jujules, qui a bu du vin et fumé, ne doute plus de rien. Il a demandé à M. Robert, comme la chose la plus simple, de lui faire tirer un coup de fusil. Le chasseur a commencé par rire. Son arme est une canardière d'un poids et d'une dimension peu en rapport avec la taille et la force du petit garçon. Puis, celui-ci insistant, il s'est dit qu'en réalité, il n'y avait aucun danger à le satisfaire. Il a donc, du mieux possible, installé sur l'épaule de Jujules le fusil chargé à poudre.

DE JUJULES

VI

LE CHASSEUR A INSTALLÉ SUR L'ÉPAULE DE JUJULES
LE FUSIL CHARGÉ A POUDRE.

PREMIÈRE CHASSE

VII

« Feu! » a crié M. Robert. Aussitôt Jujules, comme il le lui avait enseigné, a pressé du doigt la gâchette. Le coup est parti sans hésitation, et, sans hésitation non plus, Jujules est tombé à terre sur le dos. Le chasseur n'a pas pu s'empêcher de rire. Jujules ne rit pas, lui. Plus de peur que de mal cependant, et plus de surprise que de peur. Il sera longtemps sans comprendre comment ce coup de fusil parti en avant a pu le renverser en arrière.

DE JUJULES

VII

JUJULES EST TOMBÉ A TERRE SUR LE DOS.

PREMIÈRE CHASSE

VIII

Jujules a conduit M. Robert à un étang où il y a beaucoup de canards. Il y a aussi un bateau. « Pouvons-nous le prendre ? a demandé le chasseur. — Bien sûr ; le maître est un ami de papa. — Et sauras-tu le conduire ! — Ah ! mais, oui ! J'ai promené ma sœur et les cousines plus de cinquante fois dedans. — Embarque alors. » Et les voilà partis, M. Robert debout à l'avant, et Jujules poussant à l'arrière avec la longue gaffe. Cela va très bien.

DE JUJULES

VIII

LES VOILA PARTIS. CELA VA TRÈS BIEN.

PREMIÈRE CHASSE

IX

Non, ça ne va plus bien du tout. Voilà Jujules en train de faire un plongeon dans l'étang! Ceci est autrement grave que sa culbute sur l'herbe. Mais c'est la faute de la perche qui, en s'enfonçant trop profondément, l'a retenu et tiré à elle pendant que le bateau continuait à s'écarter. Pourtant il ne l'a pas lâchée. Espérons qu'elle lui aidera à se soutenir assez de temps pour que M. Robert vienne à son secours avant qu'il ait de l'eau par-dessus le nez.

DE JUJULES

IX

NON, ÇA NE VA PLUS BIEN DU TOUT.

PREMIÈRE CHASSE

X

Le bain n'a pas été long. Heureusement, M. Robert ne s'est pas troublé pour si peu. Saisissant le bout de la perche il a ramené le bonhomme près du bateau, puis il l'a empoigné par sa blouse et le fond de son pantalon. Deux minutes auront suffi au sauvetage. C'est égal, l'ami Jujules fera bien d'apprendre à nager, car si pareil accident lui arrivait avec sa sœur et ses cousines, il est probable qu'elles ne le repêcheraient pas si facilement.

DE JUJULES

X

L'AMI JUJULES FERA BIEN D'APPRENDRE A NAGER.

PREMIÈRE CHASSE

XI

Le chasseur s'est hâté de déposer son petit compagnon sur la terre ferme. Jujules n'a pas éternué moins de sept fois avant de parvenir à dégager sa respiration. C'est fâcheux qu'il ne puisse pas de même chasser toute l'eau dont ses vêtements sont imbibés. Il ruisselle. M. Robert, pour le réchauffer, lui offre sa gourde. Jujules refuse, tout en le remerciant. Il craint que ce vin qu'il a déjà bu ne soit pour quelque chose dans ses malheurs, et peut-être n'a-t-il pas tort.

DE JUJULES

XI

JUJULES N'A PAS ÉTERNUÉ MOINS DE SEPT FOIS AVANT DE PARVENIR
A DÉGAGER SA RESPIRATION.

PREMIÈRE CHASSE

XII

Après avoir dit adieu à son ami le chasseur, Jujules est parti grand train à travers champs. C'est qu'il a une bonne trotte à faire pour regagner la ferme de ses parents. Aussi va-t-il tout droit sans s'arrêter. En aura-t-il sauté, traversé, de ces fossés et de ces flaques d'eau! La nuit est venue; mais l'obscurité ne l'embarrasse pas. Ce qu'il y a de bon, c'est qu'avec le mouvement qu'il se donne, il n'a pas tardé à se réchauffer et ses habits à se sécher un peu.

DE JUJULES

XII

JUJULES EST PARTI GRAND TRAIN A TRAVERS CHAMPS.

PREMIÈRE CHASSE

XIII

Jujules, en arrivant chez lui, a trouvé Marie, sa
sœur aînée, qui le guettait sur la porte depuis plus d'une
heure. « Comme te voilà fait, mon pauvre ami! lui a-
t-elle dit. Entre tout doucement; il ne faut pas que
maman te voie dans un pareil état. — C'est que je suis
bien fatigué, a répliqué Jujules. — Oh! ce ne sera pas
long. » Et elle l'a conduit dans la cuisine, et s'est mise
à lui nettoyer ses effets le mieux et le plus promptement
possible. Et par là-dessus un bon coup de fer n'était
pas de luxe. Pendant ce temps Jujules dort
déjà à moitié sur sa chaise.

DE JUJULES

XIII

UN BON COUP DE FER N'ÉTAIT PAS DE LUXE.

PREMIÈRE CHASSE

XIV

Jujules, quand il a pu souhaiter le bonsoir à sa mère, l'a trouvée bien inquiète de sa longue absence. « Qu'es-tu devenu toute la journée, mon pauvre enfant? » lui a-t-elle demandé. Alors il lui a raconté ses aventures, dont elle n'a pas manqué d'être quelque peu émue. « Vois-tu, lui a-t-elle dit, tu es encore trop petit pour te mêler à ces expéditions-là. Mais va vite dormir, tu dois en avoir besoin. — Ça oui, par exemple! » Et on peut croire qu'il n'aura fait qu'un somme.

« QU'ES-TU DEVENU TOUTE LA JOURNÉE, MON PAUVRE ENFANT? »

PREMIÈRE CHASSE DE JUJULES

XV

Une bonne nuit a complètement remis Jujules de ses fatigues et de ses émotions. À son réveil il est tout surpris d'apercevoir les toits des maisons couverts de neige. Cette surprise n'a rien de désagréable pour Jujules car, s'il est chasseur par occasion, il est patineur par goût. Il a vite été réveiller ce gros dormeur de Jean-François. Et tout en lui racontant ses exploits de la veille, il commence à tracer une glissoire.

SON LENDEMAIN

XV

JUJULES COMMENCE A TRACER UNE GLISSOIRE

PREMIÈRE CHASSE DE JUJULES

XVI

En voici une, de culbute, qui peut compter! le jeu était trop beau, trop attrayant, pour que d'autres camarades ne voulussent pas y prendre part. Antoine, Gervais, sont tout de suite arrivés. Et on a glissé et reglissé, avec quel entrain, il faut voir! celui qui tenait la tête revenant vite se mettre à la queue. Par malheur, le grand Nicolas, le trouble-fête, comme on l'appelle volontiers, a vu aussi ce qui se passait. Il a couru. Il s'est lancé d'une telle force sur la glissoire après les quatre petits qu'il les a fait tomber tous les uns sur les autres. Lui seul est resté debout, ravi de son exploit.

Belle victoire, vraiment!

SON LENDEMAIN

XVI

LE GRAND NICOLAS S'EST LANCÉ D'UNE TELLE FORCE SUR LA GLISSOIRE
APRÈS LES QUATRE PETITS
QU'IL LES A FAIT TOMBER TOUS LES UNS SUR LES AUTRES.

PREMIÈRE CHASSE DE JUJULES

XVII

Jujules n'a pas entendu rester le débiteur du grand Nicolas. Sitôt relevé et rentré en possession de ses sabots qui l'avaient abandonné dans la bousculade, il a organisé, avec ses camarades, un bombardement à coups de boules de neige contre le trouble-fête, et on peut imaginer quelle ardeur ils apportent dans la bataille. Le grand Nicolas n'est pas embarrassé pour riposter; mais, comme il reçoit trois projectiles pour un qu'il rend, il a été obligé de reculer. Les munitions ne manquent pas; encore une bordée, et il lui faudra prendre la fuite.

SON LENDEMAIN

XVII

ET ON PEUT IMAGINER QUELLE ARDEUR ILS APPORTENT DANS LA BATAILLE.

XVIII

On n'en a jamais fini avec ce grand Nicolas. Un vrai fléau. Il y avait une bonne demi-heure qu'il était parti, et les enfants ne pensaient plus guère à lui; tout à coup on l'a vu reparaître, portant une grande manne sur son épaule et dégringolant la colline de toute la vitesse de ses longues jambes. Que veut-il encore? Ils n'ont pas tardé à le savoir. Une avalanche de neige s'est déversée de la manne sur leurs têtes. Seul l'ami Jujules a pu s'esquiver à temps; les autres se sauvent, glacés, aveuglés, trébuchant ou tombant, et le grand Nicolas en rit, comme une méchante bête qu'il est.

SON LENDEMAIN

XVIII

UNE AVALANCHE DE NEIGE S'EST DÉVERSÉE DE LA MANNE SUR LEURS TÊTES.

XIX

Le grand Nicolas a voulu poursuivre ses victimes ; il a glissé sur le terrain en pente et glacé, et s'est étalé tout de son long, si rudement qu'il est resté comme étourdi. Rappelés aussitôt par Jujules, les fuyards ont pris l'offensive. Antoine et Gervais ont saisi le colosse chacun par une jambe et le traînent de leur mieux, tandis que Jujules lui verse à pleines pelletées la neige sur la figure, en guise de douche. Il n'y a pas jusqu'au chien Pyrame, à qui il aura fait sans doute plus d'un tour, qui ne se montre joyeux de le voir ainsi châtié.

Il ne l'a pas volé, c'est sûr.

SON LENDEMAIN.

XIX

LE GRAND NICOLAS NE L'A PAS VOLÉ, C'EST SÛR.

PREMIÈRE CHASSE DE JUJULES

XX

Jujules et ses amis ont entrepris d'édifier un bonhomme de neige. C'est la coutume tous les hivers. Et
ils ne craignent pas que le grand Nicolas vienne encore
le leur abîmer, comme il a fait l'an passé ; depuis qu'il
a été si bien corrigé par ces quatre petits et si bien
moqué par tout le monde ensuite, il n'ose plus se montrer. C'était certes le meilleur parti qu'il eût à prendre.
Jean-François avait d'abord proposé que le bonhomme
de neige fût son portrait, pour le bombarder à discré-
tion ; mais Jujules a judicieusement objecté qu'il serait
trop difficile de le faire aussi laid que lui. Il n'est pourtant pas joli, joli, ce bonhomme.

SON LENDEMAIN

XX

IL N'EST POURTANT PAS JOLI, JOLI, CE BONHOMME.

PREMIÈRE CHASSE DE JUJULES

XXI

Jujules n'a pas manqué de faire à sa sœur Marie le récit de tous ses amusements dans la neige. Elle sait bien que les glissades, les batailles, ne sont pas des jeux pour elle; tout de même elle envie son petit frère de pouvoir comme ça courir et respirer le bon air froid. Pour la consoler, il lui a proposé une partie de traîneau. « Je sais où il y en a un que je peux prendre, » a-t-il dit. Là-dessus, il a couru le chercher; ils y sont installés, et les voilà, le frère et la sœur, descendant à toute vitesse le coteau, au grand émoi de qui les aperçoit. Mais il n'y a pas de danger; Jujules s'entend parfaitement à gouverner son véhicule.

SON LENDEMAIN

XXI

MAIS IL N'Y A PAS DE DANGER; JUJULES S'ENTEND PARFAITEMENT
A GOUVERNER SON VÉHICULE.

PREMIÈRE CHASSE DE JUJULES

XXII

Marie et Jujules sont rentrés de leur promenade moulus, essoufflés, ayant de la neige plein le nez, les yeux, les cheveux, et surtout plein leurs chaussures. Aussi se promettent-ils de recommencer. Cela se comprend. Après avoir pris le plaisir de se fatiguer et de braver le froid, ils ont encore celui de se reposer en se réchauffant devant un bon feu. Ce n'est pas en été qu'on peut s'accorder des flambées pareilles. Il est vrai qu'on a d'autres agréments; mais Marie et Jujules sont accoutumés à voir toujours le bon côté des choses. C'est fort sage, et il y en a de plus grands et de mieux partagés qui ne sont pas si raisonnables.

LE LENDEMAIN

XXII

APRÈS AVOIR PRIS LE PLAISIR DE SE FATIGUER ET DE BRAVER LE FROID,
ILS ONT ENCORE CELUI DE SE REPOSER EN SE RÉCHAUFFANT
DEVANT UN BON FEU.

 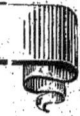

Paris. — Imp. Lahure, rue de Fleurus, 9.

MAGASIN D'ÉDUCATION ET DE RÉCRÉATION

Les Tomes I à XXIV

renferment comme œuvres principales :

L'Ile mystérieuse, Les Aventures du Capitaine Hatteras, Les Enfants du Capitaine Grant, Vingt mille lieues sous les mers, Aventures de trois Russes et de trois Anglais, Le Pays des Fourrures, Michel Strogoff, de JULES VERNE. — La Morale familière (cinquante contes et récits), Les Contes anglais, La Famille Chester, Histoire d'un Ane et de deux jeunes Filles, La Matinée de Lucile, Le Chemin glissant, Une Affaire difficile, L'Odyssée de Pataud et de son chien Fricot, de P.-J. STAHL. —La Roche aux Mouettes, de Jules SANDEAU. — Le nouveau Robinson suisse, de STAHL et MULLER. — Romain Kalbris, d'Hector MALOT. — Histoire d'une Maison, de VIOLLET-LE-DUC. — Les Serviteurs de l'Estomac, Le Géant d'Alsace, L'Anniversaire de Waterloo, Le Gulf-Stream, La Grammaire de mademoiselle Lili, Un Robinson fait au collège, de Jean MACÉ. — Le Denier de la France, La Chasse, Le Travail et la Douleur, A Madame la Reine, Un Premier Symptôme, Sur la Politesse, Un Péché véniel, Diplomatie de deux Mamans, etc., de E. LEGOUVÉ. — Petit Enfant, Petit Oiseau, L'Absent, Rendez-vous! La France, La Sœur aînée, L'Enfant grondé, etc., par Victor DE LAPRADE. — La Jeunesse des Hommes célébres, de MULLER. —Aventures d'un jeune Naturaliste, Entre Frères et Sœurs, de Lucien BIART. — Le Petit Roi, de S. BLANDY. — L'Ami Kips, de G. ASTON. — Causeries d'Économie pratique, de Maurice BLOCK. — Les Vilaines Bêtes, de BÉNÉDICT. — Vieux Souvenirs, Départ pour la Campagne, Bébé aime le rouge, de Gustave DROZ. — Le Pacha berger, de LABOULAYE. — La Musique au foyer, de P. LACOME. — Histoire d'un Aquarium, Les Clients d'un vieux Poirier, de E. VAN BRUYSSEL. —Histoire de Bébelle, Une Lettre inédite, Septante fois sept, de DICKENS. — Pâquerette, Le Taciturne, etc., de H. AUQUEZ. — Le petit Tailleur, de A. GENIN. — Curiosités de la vie des Animaux, par P. NOTH. — Notre vieille Maison, de H. HAVARD. — Le Chalet des Sapins, par P. CHAZEL. — Les deux Tortues, Ce qu'on faisait à un bébé quand il tombait, par F. DUPIN DE SAINT-ANDRÉ, etc., etc.

Les petites Sœurs et les petites Mamans, Les Tragédies enfantines, Les Scènes familières, textes de P.-J. STAHL.

Les Tomes XXV à L

renferment comme œuvres principales :

JULES VERNE : Famille sans Nom, Deux Ans de Vacances, Nord contre Sud, Un Billet de Loterie, L'Étoile du Sud, Kéraban-le-Têtu, L'École des Robinsons, La Jangada, La Maison à vapeur, Les Cinq cents millions de la Bégum, Hector Servadac. — J. VERNE et A. LAURIE : L'Épave du Cynthia. — P.-J. STAHL : Maroussia, Les Quatre Filles du docteur Marsch, Le Paradis de M. Toto, La Première Cause de l'avocat Juliette, Un Pot de crème pour deux, La Poupée de Mlle Lili. — STAHL et LERMONT : Jack et Jane, La petite Rose. — L. BIART : Monsieur Pinson, Deux enfants dans un parc. — E. LEGOUVÉ, *de l'Académie :* Leçons de lecture, Une élève de seize ans, etc. — V. DE LAPRADE, *de l'Académie :* Le Livre d'un Père. — A. DE-QUET : Mon Oncle et ma Tante.—A. BADIN : Jean Casteyras. — E. EGGER, *de l'Institut :* Histoire du Livre. — J. MACÉ : La France avant les Francs. — CH. DICKENS : L'Embranchement de Mugby. — A. LAURIE : Mémoires d'un Collégien russe, Le Bachelier de Séville, Une Année de collège à Paris, Scènes de la vie de collège en Angleterre, Mémoires d'un Collégien, L'Héritier de Robinson. — De New-York à Brest en 7 heures. — P. CHAZEL. — Dr CANDÈZE : La Gileppe, Aventures d'un Grillon, Périnette. — C. LEMONNIER : Bébés et Joujoux. — HENRY FAUQUEZ : Souvenirs d'une Pensionnaire. — J. LERMONT : L'Aînée, Les jeunes Filles de Quinnebasset. — F. DUPIN DE SAINT-ANDRÉ : Histoire d'une bande de Canards, La Vieille Casquette, etc., etc. — TH. BENTZON : Contes de tous les Pays. — BÉNÉDICT : Le Noël des petits Ramoneurs, Les charmantes Bêtes, etc. — A. GENIN : Marco et Tonino, Deux Pigeons de Saint-Marc. — E. DIENY : La Patrie avant tout. — C. LEMAIRE : Le Livre de Trotty. — G. NICOLE : Le Chibouk du Pacha, etc. — GEN-NEVRAYE : Marchand d'Allumettes, Théâtre de Famille, La petite Louisette.—BERTIN : Voyage au Pays des Défauts, Les deux côtés du Mur, Les Douze. — P. PERRAULT : Pas-Pressé, Les Lunettes de Grand'Maman. — B. VADIER : Blanchette, Comédies et Proverbes. — I.-A. REY : Les Travailleurs microscopiques. — S. BLANDY : L'Oncle Philibert. — RIDER HAGGARD : Découverte des Mines de Salomon. — GOUZY : Voyage au Pays des Étoiles, Promenade d'une Fillette autour d'un Laboratoire. — Une grande Journée, Plaisirs d'hiver, Pierre et Paul, La Chasse, Les petits Bergers, par UN PAPA.

Illustrations par ATALAYA, BAYARD, BENETT, BECKER, CHAM, GEOFFROY, L. FROELICH, FROMENT, LAMBERT, LALAUZE, LIX, ADRIEN MARIE, MEISSONIER, DE NEUVILLE, PHILIPPOTEAUX, RIOU, G. ROUX, TH. SCHULER, etc., etc.

N. B. — La plus grande partie de ces œuvres ont été couronnées
par l'Académie française

CHAQUE VOLUME SE VEND SÉPARÉMENT

Prix : broché, 7 fr.; cartonné toile, tranches dorées, 10 fr.; relié, tranches dorées, 12 fr.

(1er Âge)

ALBUMS STAHL IN-8° ILLUSTRÉS

Les Albums Stahl

Il y a des lecteurs qui ne sont pas hommes encore et à qui il faut des lectures et des images pour leurs premières curiosités. Ce public innombrable et frêle n'a pas été oublié. Les *Albums Stahl* leur donnent de piquants ou de jolis dessins accompagnés d'un texte naïf. La naïveté est celle qu'un ingénieux esprit, comme Stahl, peut offrir. Elle a ses malices légères et sa gaieté tendre. Les dessins ont de la fantaisie dans la vérité. Bégayements heureux, rires argentins, ce sont là les effets que produisent ces albums caressants. Il y a beaucoup de gros livres et de travaux ambitieux qui n'ont pas la même utilité.

GUSTAVE FRÉDÉRIX. (*Indépendance Belge*.)

FRŒLICH

† Jujules le Chasseur.
Les petits Bergers.
Pierre et Paul.
La Poupée de Mlle Lili.
La Journée de M. Jujules.
L'A perdu de Mlle Babet.
Alphabet de Mlle Lili.
Arithmétique de Mlle Lili.
Cerf-Agile, histoire d'un jeune sauvage.
Bonsoir, petit père.

Commandements du Grand-Papa.
La Fête de Mlle Lili.
Journée de Mlle Lili.
La Grammaire de Mlle Lili. (J. MACÉ.)
Le Jardin de M. Jujules.
Mlle Lili aux Eaux.
Les Caprices de Manette.
Les Jumeaux.

Un drôle de Chien.
La Fête de Papa.
Mlle Lili à la campagne.
Le premier Chien et le premier Pantalon.
L'Ours de Sibérie.
Le petit Diable.
La Salade de la grande Jeanne.
La Crème au chocolat.
M. Jujules à l'école.

L. BECKER . . . . L'Alphabet des Oiseaux.
— L'Alphabet des Insectes.
COINCHON (A.) . . . . Histoire d'une Mère.
DETAILLE . . . . Les bonnes Idées de mademoiselle Rose.
FATH . . . . Le Docteur Bilboquet.
— . . . . Gribouille. — Jocrisse et sa Sœur.
— . . . . Les Méfaits de Polichinelle. — Pierrot à l'École.
— La Famille Gringalet. — Une folle soirée chez Paillasse.
FROMENT. . . . . Petites Tragédies enfantines.
— . . . . Le Petit Acrobate.
— . . . . La Boîte au lait.
— . . . . La Petite Devineresse. — Le Petit Escamoteur.
— . . . . † Scènes familières.
GEOFFROY . . . . Le Paradis de M. Toto. — 1re Cause de l'avocat Juliette
— . . . . L'âge de l'École.
GRISET . . . . La Découverte de Londres.
JUNDT . . . . L'École buissonnière.
LALAUZE . . . . Le Rosier du petit Frère.
LAMBERT . . . . Chiens et Chats.
MARIE (A.) . . . . Le petit Tyran.
MATTHIS . . . . Les deux Sœurs.
MEAULLE . . . . Petits Robinsons de Fontainebleau.
PIRODON . . . . Histoire d'un Perroquet. — Histoire de Bob aîné.
— . . . . La Pie de Marguerite.
SCHULER (TH.) . . . . Les Travaux d'Alsa.
VALTON . . . . Mon petit Frère.

ALBUMS STAHL ILLUSTRÉS gr. in-8°

FRŒLICH

Mlle Mouvette.
M. Jujules et sa sœur Marie.
Petites Sœurs et petites Mamans.

Voyage de Mlle Lili autour du monde.
Voyage de découvertes de Mlle Lili.
La Révolte punie.

CHAM . . . . Odyssée de Pataud.
FROMENT . . . . La belle petite Princesse Ilsée. — La Chasse au volant.
GRISET (E.) . . . . Aventures de trois vieux Marins. — Pierre le Cruel.
SCHULER (T.) . . . . Le premier Livre des petits enfants.
VAN BRUYSSEL . . . . Histoire d'un Aquarium (en couleurs).

3

Bibliothèque d'Éducation et de Récréation

Quels souvenirs agréables et charmants ce titre général ne rappelle-t-il pas aux hommes jeunes d'aujourd'hui, à ceux qui entraient dans la vie au moment même où une révolution complète s'opérait, en leur faveur, dans la littérature! Car il n'y a pas beaucoup plus de vingt ans que les jeunes gens lisent, c'est-à-dire qu'ils ont des livres conçus pour eux, écrits pour eux, et dont le succès est tel qu'on n'aurait pas osé l'attendre.

« C'est presque une innovation que l'introduction de la lecture dans les plaisirs de la jeunesse. Elle date presque d'hier : mettons vingt ans, c'est tout le bout du monde. Pendant ces vingt années, l'éditeur Hetzel a su publier 300 volumes de premier ordre.

« Le titre trouvé par l'éditeur constitue à lui seul un programme : ÉDUCATION et RÉCRÉATION. Et, en effet, tout est là. Ces beaux et bons livres instruisent et ils amusent. »

VOLUMES IN-8° CAVALIER, ILLUSTRÉS

VOLUMES IN-8° RAISIN, ILLUSTRÉS

Les Voyages involontaires

Contes et Romans de l'Histoire naturelle

Aventures d'un Grillon. — « Cette biographie d'un insecte obscur cache, sous une fine allégorie, non seulement un petit traité de morale familière, mais encore des notions d'entomologie très précises et très sûres. L'auteur, M. Ernest Candèze, est un écrivain déjà connu des lecteurs de la Revue Scientifique, et ses qualités littéraires ne nuisent pas, bien au contraire, à l'autorité de son enseignement.

« C'est une philosophie ingénieuse que celle qui cherche dans l'étude du plus petit des mondes, du monde des insectes, des leçons applicables à l'univers entier. C'est merveille de voir comment même les petits côtés de la science gagnent à être traités par des écrivains littéraires, quand ils ont su se munir au préalable d'un savoir sérieux et éprouvé. »

(Revue Scientifique.)

« **La Gileppe** est un roman.... j'allais dire naturaliste, mais il ne faut pas confondre; c'est *un roman d'histoire naturelle* bâti sur cette simple donnée : les infortunes d'une population d'insectes. C'est de la science amusante, le tout spirituel et d'un très bon style. »

La vie de Collège dans tous les Pays

ANDRÉ LAURIE

M. Francisque Sarcey a consacré à chacun des livres qui composent cette série, une étude spéciale.

« Notre ami Hetzel, écrivait-il au mois de décembre 1885, a commencé une collection bien curieuse et dont le titre générique suffit à indiquer l'intérêt. Chaque année, il paraît un volume qui nous transporte dans un pays différent. Il y a quatre ans, nous étions en France; l'année suivante on nous a menés en Angleterre; l'an d'après, en Allemagne. L'ensemble des volumes, dont cette série doit se composer, formera une étude assez complète des divers systèmes d'éducation suivis par chaque nation.

« Tous ces volumes partent de la même main; ils sont de M. André Laurie, qui me paraît être un universitaire fort au courant des questions pédagogiques, et qui n'en est pas moins un conteur agréable et un écrivain élégant. C'est chaque année un régal attendu par moi de recevoir et de déguster son volume. »

Francisque Sarcey.

LES ROMANS D'AVENTURES

A propos de l'Épave du Cynthia, M. Ulbach écrivait les lignes suivantes :

« La collaboration de MM. Jules Verne et André Laurie ne pouvait être que féconde. La science de l'un, l'observation de l'autre, les qualités littéraires des deux collaborateurs font de ce livre un des plus émouvants de la collection nouvelle. »

« Il y a peu de livres plus nourris de faits, plus substantiels, et d'un intérêt mieux soutenu que l'Épave du Cynthia, » a écrit M. Dancourt dans la Gazette de France.

« Plus sombre, plus terrible est l'Ile au Trésor, roman popularisé en Angleterre par des milliers d'éditions, et dont la maison Hetzel s'est assuré le droit de traduction exclusif. On raconte que M. Gladstone, le grand homme d'État, rentrant chez lui, après une séance agitée, trouva, par hasard, sous sa main, l'Ile au Trésor, de Stevenson. Il en parcourut les premières pages, et il ne quitta plus le livre qu'il ne l'eût achevé. C'est que ces premières pages sont un chef-d'œuvre d'exposition mystérieuse, d'attractions captivantes... »

Aventures de Terre et de Mer

Œuvres choisies. — 16 volumes

MAYNE-REID. { Désert d'eau. — Deux Filles du Squatter. — Chasseurs de chevelures. — Chef au Bracelet d'or. — Exploits des jeunes Boërs. — Jeunes Esclaves. — Jeunes Voyageurs. — Petit Loup de mer. — Montagne perdue. — Naufragés de l'île de Bornéo. — Planteurs de la Jamaïque. — Robinsons de terre ferme. — Sœur perdue. — William le Mousse. — Les Émigrants du Transwaal. — La Terre de Feu.

MAYNE-REID est un Cooper plus accessible à tous, aux jeunes gens en particulier. Scrupuleusement moral, d'une imagination riche et curieuse, mettant en scène quelque simple récit, autour duquel il groupe des incidents romanesques, et cependant possibles, il promène son lecteur au milieu des forêts vierges, parmi les tribus sauvages, et exalte le courage individuel aux prises avec les difficultés et les nécessités de la vie. » CLARETIE.

« Que les jeunes gens à qui les *Chasseurs de Chevelures* et les *Naufragés de l'île de Bornéo* ont procuré tant d'émotions dramatiques et toujours saines, jouissent de leur reste, a écrit Victor Fournel, dans le *Moniteur universel*, dans son étude sur la *Terre de feu*, la dernière œuvre de Mayne-Reid ; il n'écrira plus pour eux, ce conteur inépuisable, ce Cooper de la jeunesse, dont les *Aventures de terre et de mer* ont charmé tant d'imaginations, en les entraînant au loin dans les contrées mystérieuses de l'Afrique et les solitudes du nouveau monde. »
VICTOR FOURNEL.

MULLER (E.) . . . . La Jeunesse des Hommes célèbres.
— . . . . Les Animaux célèbres.
RATISBONNE (LOUIS) . . . . . La Comédie enfantine.
RIDER HAGGARD . . . . Découverte des Mines de Salomon.
SAINTINE (X.) . . . . Picciola.
SANDEAU (J.) . . . . La Roche aux Mouettes. — Madeleine.
— . . . . Mademoiselle de la Seiglière.
SAUVAGE (E.) . . . . La Petite Bohémienne.
SÉGUR (COMTE DE) . . . . . . Fables.
ULBACH (L.) . . . . Le Parrain de Cendrillon.

ŒUVRES de P.-J. STAHL

Contes et Récits de Morale familière. — Les Histoires de mon Parrain. — Histoire d'un Ancel de deux jeunes Filles. — Maroussia. — Les Patins d'argent. — Les Quatre Filles du docteur Marsch. — Les Quatre Peurs de notre Général.

STAHL a voulu enseigner familièrement la morale, la mettre en action pour tous les âges. De tous les livres de Stahl se dégage une morale présentée avec toute la séduction et cette forme spirituelle qui donne à la fiction les apparences de la réalité.
Peu d'hommes ont plus et mieux fait pour la jeunesse, qui lui doit sa libération littéraire »
Ch. CANIVET. (*Le Soleil.*)

STAHL ET LERMONT . . . . . . Jack et Jane.
— . . . . La petite Rose, ses six Tantes et ses sept Cousins.
TEMPLE (DU) . . . . Sciences usuelles. — Communications de la Pensée.
TOLSTOI (COMTE L.) . . . . . . Enfance et Adolescence.
VERNE(JULES)ET D'ENNERY . Les Voyages au Théâtre.
VIOLLET-LE-DUC . . . . Histoire d'une Maison.
— . . . . Histoire d'une Forteresse.
— . . . . Histoire de l'Habitation humaine.
— . . . . Histoire d'un Hôtel de Ville et d'une Cathédrale.
— . . . . Histoire d'un Dessinateur.

Volumes grand in-8° jésus, illustrés

BIART (L.) . . . . Aventures d'un jeune Naturaliste.
— . . . . Don Quichotte (*adaptation pour la jeunesse*).
BLANDY (S.) . . . . Les Épreuves de Norbert.
CLÉMENT (CH.) . . . . Michel-Ange, Raphaël, Léonard de Vinci.
FLAMMARION (C.) . . . . Histoire du Ciel.
GRANDVILLE . . . . Les Animaux peints par eux-mêmes.
GRIMARD (E.) . . . . Le Jardin d'Acclimatation.
LA FONTAINE . . . . Fables, illustrées par Eug. LAMBERT.
LAURIE (A.) . . . . Les Exilés de la Terre.
MALOT (HECTOR) . . . . Sans Famille.
MEISSAS (DE) . . . . Histoire Sainte.
MOLIERE . . . . Édition SAINTE-BEUVE et Tony JOHANNOT.
STAHL ET MULLER . . . . . . Nouveau Robinson suisse.

Jules Verne

⊙⊙⊙⊙⊙⊙

◦VOYAGES EXTRAORDINAIRES

35 VOLUMES IN-8° JÉSUS, ILLUSTRÉS

† Famille sans Nom.
† Sans dessus dessous.
Deux ans de vacances.
Nord contre Sud.
Un Billet de Loterie.
Autour de la Lune.
Aventures de trois Russes et de trois Anglais.
Aventures du capitaine Hatteras.
Un Capitaine de 15 ans.
Le Chancellor.
Cinq Semaines en ballon.
Les Cinq cents millions de la Bégum.
De la Terre à la Lune.
Le Docteur Ox.
Les Enfants du capitaine Grant.
Hector Servadac.
L'Ile mystérieuse.

Les Indes-Noires.
Mathias Sandorf.
Le Chemin de France.
Robur le Conquérant.
La Jangada.
Kéraban-le-Têtu.
La Maison à vapeur.
Michel Strogoff.
Le Pays des Fourrures.
Le Tour du monde en 80 jours.
Les Tribulations d'un Chinois en Chine.
Une Ville flottante.
Vingt mille lieues sous les Mers.
Voyage au centre de la Terre.
Le Rayon-Vert.
L'École des Robinsons.
L'Étoile du sud.
L'Archipel en feu.

L'œuvre de Jules Verne est aujourd'hui considérable. La collection des *Voyages extra-ordinaires*, que l'Académie française a couronnés, se compose déjà de vingt-cinq volumes (contenant 35 ouvrages), et tous les ans, Jules Verne donne au *Magasin d'Éducation et de Récréation* un roman inédit.

Ces livres de voyage, ces contes d'aventures, ont une originalité propre, une clarté et une vivacité entraînantes. C'est très français. »

CLARETIE.

Découverte de la Terre

3 Volumes in-8°

Les premiers Explorateurs. — Les Grands Navigateurs du xviii° siècle.
Les Voyageurs du xix° siècle.

J. VERNE et TH. LAVALLÉE. Géographie illustrée de la France, nouvelle édition revue et corrigée par M. DUBAIL.

BIBLIOTHÈQUE DES JEUNES FRANÇAIS

Volumes gr. in-16 colombier

ERCKMANN-CHATRIAN. Avant 89 (*illustré*).
BLOCK (M.). *Entretiens familiers sur l'administration de notre pays.*
La France. — Le Département. — La Commune.
Paris, Organisation municipale. — Paris, Institutions administratives. — L'Impôt. — Le Budget.
L'Agriculture. — Le Commerce. — L'Industrie.
⊙ Petit Manuel d'Économie pratique.
GUICHARD (V.) . . . . Conférences sur le Code civil.
PONTIS. . . . . Petite Grammaire de la prononciation.
J. MACÉ. . . . . La France avant les Francs (*illustré*).
MAXIME LECOMTE . . . . La Vocation d'Albert.

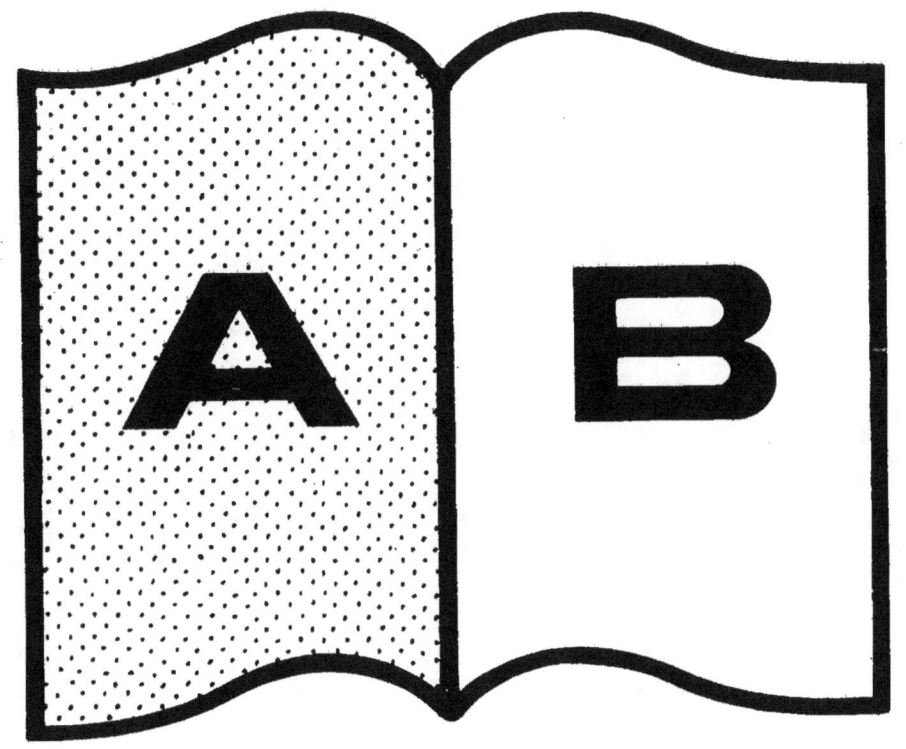

Contraste insuffisant

NF Z 43-120-14

www.ingramcontent.com/pod-product-compliance
Lightning Source LLC
Chambersburg PA
CBHW071251210626
46818CB00013B/937